# 句集　柳の芽

大西登美子

文學の森

# 序文

閑静な町を通りぬ十三夜
冬の暮厨の一灯あたたかし

大西登美子さんの第一句集『柳の芽』の冒頭の二句である。

この作品のイメージは俳句へ求めるところの静謐さや安らぎが表出されている。

初期の作品はその作者の本質を示すと言われるがそのことから、この二作品にある世界は大西登美子さんの作品に生涯流れるものであろう。

林道に喝采もなく桜散る
沼の蓁闇の深さを嘆くかな

早稲の香や通勤ラッシュ始まりぬ
和すやうに円座となりぬ曼珠沙華
石蕗咲きて肥後もつこすを通しけり

大西さんの俳句入門は平成元年にはじまっている。その切っかけに直接つながったかどうかは明らかではないが、三十代に突然発病し、仕事を続けることが不可能となり百貨店勤務を退かれた。だがその頃から堺市立点字図書館に於て点字奉仕をされた。その事と前後して俳句との出合いがあったのである。

冒頭二句に続く初期の五句である。

第一句にあるのは、そこはかとない喪失感であろう。美しく咲き切った桜であることは「喝采」ということばが伝えている。だが喝采はないのである。誰もが通る林道にひとり散る花を捉え残心の思いの表現であろう。

第二句は、一変して「沼の蟇」を詠んでいる。沼は蟇の生きる場所にはちがいないが、その闇の深さを嘆いていると作者は訴えている。

「早稲の香」の句は現実を正しく把握して生活者としての作者の心情であ

ろう。

四句目の「曼珠沙華」の作品は日常の周囲との関わりもこのようなあり方の作者であろうと推測出来る。

最後に挙げた石蕗の句は、熊本生まれの作者が意地を見せた作品であるが季語の「石蕗」が何とも落着いた斡旋となっている。生まれ育った地にある朗らかな気質を時折意識することは、生きることに何かと影響を齎すことと思う。

このように作品を見てみると、初学時代の句のたどたどしさがまったくないことに驚く。

四天王寺の鐘が早める冬入日
大根焚女のふゆる釈迦堂や
多佳子邸の塀高きかな秋日傘
牛飼ひの碑の大いなる破芭蕉
回廊に日脚伸びたる二月堂
山中に皇子の墓あり蕗の薹

ゴンドラを水平に吊る春の山
天領の風ふんだんに豆の花
泡風呂や二日続きの鰻茶漬
かはらけを投げたる島に蟬生る
鶏頭や河内音頭は足で蹴る
栃の実の灰汁抜く遠野物語
根来衆しぐれ地蔵になりゆくか
氷像に水ぶつかけて明日に期す

俳句は吟行により腕を磨くと言ってもよいが、堺という歴史ある地に住まわれ、よき先達やお仲間と楽しみつつ切磋琢磨されたことが明らかな作品群である。

この頃、進藤一考先生は大阪の指導をよくされ、それればかりでなく大阪支社は、充実した力にあふれていた。確かな力を備えた先輩俳人の厳しい導きと誇りの中で作者も俳人として行動しつつあったのである。

この句群にある次の一句は創刊主宰の鑑賞文を纏めた『一考読本』に取

り上げられている。平成五年の事である。

かはらけを投げたる島に蟬生る

来てゐたり桐の花咲く査証（ビザ）の国
鼠取り置く障壁の大西日
張さん宿さん日々好日やシャワー浴ぶ
遊牧民の白夜を駈けて羊追ふ
郭公の渡る故城の流砂かな
水母出てマルコポーロの帆とならん

以上の六句は結社が主宰を先頭として行った海外吟行の中でも、最も多くの話題を生んだ「シルクロード吟行」の作品である。

「来てゐたり……」の句は桐の花にも一入の感激があり思わず口を衝いて出たという詠法である。

「鼠取り置く」「張さん宿さん」は近くで目にする日常の一つ一つが珍しく、しかも親しく接することが出来た様子が伝わる。

「遊牧民と白夜を駈ける羊」「郭公の渡る故城の流砂」もスケールの豊かさを伝えている。そして「マルコポーロ」と目前の「水母」を結んだ句は発想が生きている。

平成十年までの、第一章に於ての句境の進歩に驚愕しつつ、次の章に入ることにしたい。

生きてゐて牡蠣の髄まで啜りけり
ジャズダンスの足の林立ゆだち来る
幽霊図の裾あやふやに地虫出づ
蛸に吸盤まだ生きてをり桜東風
手話と手話の早さ釣瓶落しかな

平成十年には、新人賞を受けられた作者の作句熱はいささかの事には揺るぎなく対象を凝視する構えとなっていく。

第一句は先ず「生きてゐて」と上五に据える。それに続ける事柄は「牡蠣の髄まで啜り」と言い切っている。

二句目の「ジャズダンスの足の林立」と三句目の「幽霊図の裾あやふやに」の二作品は把握の確かさはもとより、現実と幽玄の世界をそれぞれ浮かびあがらせることにもなっている。

四句目の「蛸の吸盤」を見て摑んだ句も雅語的なひびきをもつ「桜東風」を合わせて雰囲気を生んでいる。

五句目の「手話と手話の早さ」の句は何気ないようで捉えるべき事柄を外していないのは見事と言いたい。

献吟に和す師の朝桜夕桜
閘門に魚の道あり目貼り剝ぐ
春の鵜の所在は毛馬の三丁目
深吉野やかの狼の碑に菫
羅漢らは青宇田曇りの余花のなか
摩耶山に枯の序章のはじまれり

平成十一年は、主宰進藤一考先生がご逝去されるという結社にとっての最大の不幸があった。大阪の指導には長く力を尽された先生であられた。

作者にとっても失意の年である。

第一句の「献吟に和す」の句は〈一本の林の前の朝桜　一考〉の句を吟ずる先輩に和した、その様子を詠まれたのである。

師のこの句は、深吉野にある天好園に連衆の追慕の思いによって句碑が建立されている。猶天好園には多くの名立たる俳人の句碑が存在している。この地は大阪支社主催の全国大会や折々の吟行には、皆で訪ねることが多いのである。

二句目、三句目は淀川に近い毛馬の閘門等を中心に行われた鍛錬会の作品かと思うがここは蕪村に関係が深い所である。

そしてまた、深吉野は日本狼の終焉の地である。

五句目は国東半島での作品、この半島は石仏の多いことで知られている。

六句目の摩耶山は神戸の六甲山の一峰で、摩耶夫人をまつる「天上寺」がある。

こうした名所を存分に吟行することが可能な地にあって、よき先輩と友人に恵まれて、句作にも拍車がかかっていったのである。

この第二章の時代の最後、大西さんには鍛錬会賞を受賞されるという快挙があった。

墓守の塑像もまさに梅雨籠り
裸婦像を見てパラソルのほしくなる
銃痕に火蛾を遊ばす谷中かな
神鹿になりきつて角切られけり
角切つて神官うやうやしく掲げ
時雨るるや兄に届かぬ千の鶴
繭のごと軽き母なり初湯せり
冬ぬくし宅配さるる形見分け
十月桜いつもの母が駄々つこに
星飛んで母が綻びゆく不安
もつこすの父をはるかに柚子刻む

第三章は主宰が遠藤寛太郎先生から、佐藤麻績に引き継がれた平成十六年からの作品となっている。

この句群のはじめの三句は、大阪の連衆も上京されて行われた東京の谷中吟行の作品である。朝倉彫塑館や上野の戦争の跡を回ったのであったが、吟行のポイントを押さえた詠み振りである。

四句、五句は奈良の神鹿の年に一度の「角切り」の場にあっての作句だがいずれも、すっかり神のものとされている鹿を描写されている。

六句目以降のご両親や兄上の句は、肉親としての哀しみが切に伝わり、胸を刺す一句一句である。

辣韮を漬けをり夫の手を借りて
母います語り尽せぬ蛍の夜
新米研ぐうしろの正面母のこゑ
要介護の母へ水仙切り揃へ
鳴子ゆり植ゑ退院の母を待つ
新米に夫の茶碗を選びけり
冷房に母の溶けさう息づかひ
紬絣に母の移り香ポピー揺れ

初夢の母を抱へてふと覚めぬ

ご家庭にあっては頼もしいご主人との落着いた日々がある。その安らぎがあってこそ二十七年の順調な俳句生活をのびやかに続けられたのであろう。

大西さんの俳句との関わりは、ご病気で職を辞されたことが切っかけであったが、その後身体のために体操を二十五年続けてこられた。二十五年といえば俳歴と重なる年月である。まさに俳句と体操を生き方の両輪として続けてこられたことになる。

この確かな歩みが大西さんの作品にある落着きとなっているのである。俳句は、座の文芸という。一人で閉ざして行うものではない。最終章と雖も、大西さんの句に大きな変化はない。それは理解ある連衆と共に句座をもち、吟行を重ねそれに伴う旅も多くされた。この積み重ねを怠ることなく続けて来られたことによるのである。

かはらけをむかし投げたる島に夏

かはらけを投げたる島に蟬生る

この二作品の前句は最終章にある句であり二年程前の作品である。後の句は、先に述べたように進藤一考先師ご存命中の作品である。その時の先生の評がよろしかったことを思い出されたのであろう。

この様な心の絆も俳句あればこそ存在すると思うと誠にうれしい限りである。

現在でも年数回私も大阪に伺い、その都度共に吟行を行う。そこでの懐かしい句がこの句集には大変多いのである。

このことから考えるのは、この後も、大西登美子さんと時と場所を同じくして俳句を詠む年月があるはず、それを予想すると心楽しくなる。

今の状況が長く続いて欲しいと願うばかりである。

さて句集名「柳の芽」は次の句からえらんでいる。

ふれあへば楽ありさうな柳の芽

この句にある静かさと懐かしさが、作者、大西登美子さんを語っているように思えるからである。

第一句集『柳の芽』のご上梓を心からお祝い申し上げるばかりである。

平成二十七年師走

佐藤麻績

句集　柳の芽＊目次

装丁　井原靖章

句集

# 柳の芽

人叢書第二三一篇

# 第一章　肥後もっこす

# 平成元年〜十年

閑静な町を通りぬ十三夜

冬の暮厨の一灯あたたかし

林道に喝采もなく桜散る

沼の蟇闇の深さを嘆くかな

早稲の香や通勤ラッシュ始まりぬ

和すやうに円座となりぬ曼珠沙華

石蕗咲きて肥後もつこすを通しけり

寒禽や企業戦士の増ゆるなり

御神馬の一足跳べり桜の実

ボート漕ぐ向き合ふ夫の意のままに

立冬の登山電車の軋みをり

四天王寺の鐘が早める冬入日

大根焚女のふゆる釈迦堂や

絵はがきの子規に恋する万愚節

憲法記念日添へ木をふやす遊龍松

父の日や若葉マークをつけて父

炎昼を背負ふがごとき男をり

多佳子邸の塀高きかな秋日傘

牛飼ひの碑の大いなる破芭蕉

人も濡れ賽銭も濡れ本えびす

回廊に日脚伸びたる二月堂

山中に皇子の墓あり蕗の薹

ゴンドラを水平に吊る春の山

天領の風ふんだんに豆の花

泡風呂や二日続きの鰻茶漬

かはらけを投げたる島に蟬生る

アドバルーン揚げよ九月の誕生日

鶏頭や河内音頭は足で蹴る

割箸で足る鈴虫の一生涯

くろがねの艶といふべし残る虫

栃の実の灰汁抜く遠野物語

根来衆しぐれ地蔵になりゆくか

短日の振子となりぬ観覧車

初冠雪母の鏡で眉を引く

雑巾が凶器となれり氷点下

凍る夜のアイヌ言葉のお呪ひ

氷像に水ぶつかけて明日に期す

靴を咬む犬ゐて宇陀の苜蓿

鶯や今日がもつとも親しけれ

万緑を煙突一本抜けにけり

誓子逝く放水銃に薔薇の揺れ

大切籠貼る手が伸びて高野山

刷版に錆の斑出る終戦日

いかづちや京の尼僧のつつけんどん

長月の駱駝の瘤のたけてゐし

障子入る繋留船に潮満ちて

神留守の家形埴輪に窓のあり

猟期来る線刻壁画の貝の色

女人高野落葉しぐれを封じたる

恵方なり凍結防止の砂袋

笹鳴きや入場券に通し穴

春耕の無声映画に似て動く

鳥雲に不明の犬を手配中

朧なる手が出て戒壇めぐりかな

足くらべして美しきあめんぼう
放閑の揺れにはじまるねこじやらし

黙食と夏日を分つ永平寺

地まはりや施餓鬼のあとに寄席の立つ

當麻曼荼羅秋の総意の満ちにけり

打ち終へて虫の夜となる点字かな

歳晩の棒で円描く蛇使ひ

大神の身丈でありし素麵干す

マネキンの春の目をして脱がさるる

## シルクロード　六句

来てゐたり桐の花咲く査証（ビザ）の国

鼠取り置く障壁の大西日

張さん宿さん日々好日やシャワー浴ぶ

遊牧民の白夜を駈けて羊追ふ

郭公の渡る故城の流砂かな

水母出てマルコポーロの帆とならん

錫杖の夜は筋金入りの虫

九度山の落鮎を食ぶ塩をたす

夜をかけて王祇おろしの雪の当家

神事能上座下座の雪あかり

一山を焼く白息を楯として

灯を入れて修二会の奥の影二重

白鳥に春眠の頸ありにけり

芒種かな蒸籠仕立ての鮭の飯

にいにい蟬能楽堂より翔ちしころ

南瓜這ふ胡瓜は立てり阿蘇五岳

酢にオクラほぐして沁みる耶蘇の地ぞ

ハンガーに号のありけり雁の声

立冬の基軸の軋む丸き椅子

河馬の目は水深にあり年逝かむ

木は木魂人に言魂ごまめ噛む

競走馬ばらばらに来て春の雪

修二会待つ顔びつしりと浮上せり

蛇覚めて離陸の脚をたたみけり

文豪に転居癖とや蜷歩む

蘖や谷崎書簡黄ばみけり

向日葵の大小こぞる特許局

青ピーマン炒め晶子の子だくさん

船底がもつとも涼し羅針盤

浅漬に呼び水をせり母の留守

# 第二章　洗礼名

# 平成十一年〜十五年

生きてゐて牡蠣の髄まで啜りけり

三色すみれ音楽ベンチで唄はうよ

リラ冷えのどこかが狂ふ蓄音機

緑陰へ仮眠の靴を脱ぎにけり

海の日の海を見てをり父として

ジャズダンスの足の林立ゆだち来る

蓾を煮る水の澱むや湖北なり

神還る自動ピアノを鳴らしては

車椅子の歩に歩を合はす早や七日

冬の鳩翔つ能楽堂のふきさらし

門跡寺雪のおもさを嘆きをり

幽霊図の裾あやふやに地虫出づ

蛸に吸盤まだ生きてをり桜東風

桜蕊降る降る公害監視室

公報に空砲演習パセリ食む

島渡る牛の鼻面スコール来

虫の夜の電光文字が文字追うて

手話と手話の早さ釣瓶落しかな

葱太る天皇陵の水明り

雁爪の錆びて乾びし日の永き

白木蓮蕚脱ぎすでに魂柱

囀りの板木に太子の十七条

耕しの傾斜につづく石鼎庵

万緑の冷えなり回転木馬なり

風船ガムふくらんで来る敗戦日

颱風に渦育ちをり出刃に峰

藩札の切字の薄れ雁来紅

壇上伽藍杉の冷え蝶の冷え

籠りゐて足の出さうな福達磨

蟇穴を出て熱く呑む徐福の茶

献吟に和す師の朝桜夕桜

半助で売らるる穴子春祭

哲学の椅子は石なり揚羽発つ

涼しさの向かうに私語あり野草園

山頭火通りしあとの濃紫陽花

梅雨障子はづす杣家の葬あかり

朝粥に粘りのありし広島忌

蟬生まれまたも遺伝子組換へ論

ひぐらしや点字を読むに指の肚

捨て湯して眼鏡の曇る月夜茸

蘆枯れて根の重くなる湖西線

耀あとの鱗流るる十二月

閘門に魚の道あり目貼り剝ぐ

春の鵜の所在は毛馬の三丁目

真柱の槌で組まるる鳥曇り

薔薇芽ぐむ右近の剣に洗礼名

深吉野やかの狼の碑に菫

蜘蛛の子の早や糸を吐く長谷観音

棚田村の非核宣言緑立つ

羅漢らは青宇田曇りの余花のなか

絵屏風の地獄変かな凌霄咲く

新生姜摺つて龍馬の匂ひなる

新涼の蔵樽が聴くベートーベン

昼の月犀は巌の背を持てり

今年藁匂ふ知恵の輪くぐりけり

摩耶山に枯の序章のはじまれり

上皇の伏水うまし柚子あかり

# 第三章　通天閣

平成十六年〜二十年

投光器の向きむきにあり冬木の芽

義歯はづすと口の淋しい獏枕

啓蟄のベッドを摑み起ちにけり

大川のことに昏さの花筏

肥後ならば五十四万石の種屋

守宮鳴く弾痕しるく床柱

トロ箱に頭の揃ひたる鱧の旬

祇園会の雨に打たるる余り縄

炎帝に舌頭さらす雀の死

八月や神代の米の黒かりし

鳩吹くやお江戸なごりの橋の数

お狩場を覗いて秋思かむさり来

通天閣すゑて男の松手入

木地師らの畳半畳小鳥来る

月の出の檸檬で磨くステンレス

身に入むや木に還りたる焼け仏

青切子の青の撩乱日の短か

歳末や闘魚を育て宝石店

闘鶏のあらたまの声発しけり

折り合ひをひとまづつけて薺打つ

龍天に芝居道具を日に晒す

干瓢を甘く煮てをり大試験

まるく収めねば豌豆に蔓の出て

完結編読み終へて立つ桜守

ゴールデンウィーク物干台に竿ふえて

金魚らの尾鰭じやまじやましてゐたる

向日葵のうしろもつとも焦げてをり

墓守の塑像もまさに梅雨籠り

裸婦像を見てパラソルのほしくなる

銃痕に火蛾を遊ばす谷中かな

宇宙より宇宙中継ゼリー食ぶ

箱庭に観覧車あり遊びけり

つく法師に負けてはゐぬか母の試歩

秋風の東寺の塔へまはりけり

神鹿になりきつて角切られけり

角切つて神官うやうやしく掲げ

往還や鵙が落せる贄ならむ

時雨るるや兄に届かぬ千の鶴

繭のごと軽き母なり初湯せり

冬ぬくし宅配さるる形見分け

追風にあはれ傾く雛の舟

蟻穴を出て時差信号に戸惑へり

目印は散髪屋の角チューリップ

飛花落花猫は跳ねたり構へたり

薔薇の門教へて薔薇へ深入りす

鳥獣戯画夜は恋の蟇ならむ

登りつめ滝壺に声吸はれさう

ぶだう青し礼拝堂より声の洩る

眼鏡屋を通りすがりの鬼やんま

震災忌ミシンの針目ととのはず

竹箒掛けて厄日と知りにけり

十月桜いつもの母が駄々つこに

芋名月地車だんだん遠くなり

星飛んで母が綻びゆく不安

哲学の道は桜の冬芽かな

裸木となるまでの萌え造幣局

読初は西遊記なり音読す

藤十郎まねきを奉じ春立つ日

利休忌の打たれ上手な鞠を手に

菜の花や西へ乗りつぐ香は珈琲

黄砂降る上へ上へと観覧車

桜回廊その一本の立ち姿

囀りの声を形に手話講座

苺摘むかつての行基道なれど

メーデーや叩いては干す夫のシャツ

とつておきの話新茶を汲みながら

踏めば鳴る夏の落葉のニュータウン

信貴山の絵巻き涼しや鉢飛んで

あぼかどの舌に蕩けて蟻地獄

炎天を截るひつぷほつぷダンスかな

ふらみんご昼寝の脚は一本ぞ

もうすでに秋の海なりマスト揺れ

梨を剝く朝を眩しむ人とゐて

もつこすの父をはるかに柚子刻む

むらさきの夕かなかなは母のもの

子規の柿見尽して首おもたかり

断水のお知らせに来る蜻蛉かな

湯加減にこだはる夜ややそぞろ寒

綿虫に触るるは碧き息ならむ

戦争放棄の箒を作る十二月

総落葉猫の通ひし径の消ゆ

犬吠ゆる方へ振り向く初昔

樹医は木に声かけて去る寒の入り

芹を摘むまつすぐな畦つまらなく

三月の山焼く習ひ俯瞰せり

酒造家に千年程の楠若葉

鬼貫の利き酒まろし一輪草

掃き寄せて椿に尽きることばかり

罌粟ひらく郭通ひの門一つ

明易の両手を重ね利休像

沙羅の庭小振りなれども一、二輪

冷奴ほんにはんなりおばんざい

オルガン鳴る司祭涼しき手を出しぬ

群れ蜻蛉水の日向へまはりけり

二百十日水の地球で水を買ひ

お向ひはいつも控へ目色鳥来

良夜かな懐紙で包むのし袋

本堂にふたたび座すも初紅葉

鶺鴒にこだはる美しき距離であり
富士新雪今日の出合ひを大切に

双蝶の縺れはじめの草の絮

着地して首とりもどす冬の鷺

短日の戯かすやうな象の鼻

掃納め濡れた手で割るチョコレート

# 第四章　石舞台

平成二十一年〜二十六年

恵方なり花屋明るく角を占め

城郭を象る葉牡丹日和かな

革手套握るかたちに忘れられ

きさらぎの本降りとなり友の逝く

陵の飛花にさざなみありしごと

船倉に御座船ほしき虻の昼

篠の子や平家読みつぐ四巻目

辣韮を漬けをり夫の手を借りて

母いますす語り尽せぬ蛍の夜

手賀沼の錆色がよし河童の忌

蜊蛄と思へば濁る直哉邸

鶏頭や街に鎮もる利休の井

新米研ぐうしろの正面母のこゑ

自転車を降りては覗く鰡の川

愛染さんでさりげなく咳こぼす

要介護の母へ水仙切り揃へ

逗留の二晩柚子湯溢れをり

白菜をざぶざぶ洗ひ貰ひ泣き

猫の恋今宵もつともソプラノで

きつかけは朝の挨拶青き踏む

花疲れして鯛焼きを頭から

水を得て水車五月の日を刻み

鳴子ゆり植ゑ退院の母を待つ

ほととぎす夜をかけて啼く兜太の地

足に合ふ靴をさがしに油照り

底紅の芯に触るとき露天神

新米に夫の茶碗を選びけり

海展け稲畑邸の松手入

柿剝いて腕が伸びてしまひけり

猫が顔洗ふ窓辺のやや寒き

冬日さす親書巻くごと六畳間

高層のたてこむ川面年つまる

畳替して鏡台の落ちつかず

大和振りでよろし寒牡丹ほのと

道明寺糒かくばる春の雪

吟醸酒ふふめば紅梅さらに濃く

猫に腕奪はれてゐる大朝寝

鳥帰る湯ぶね追ひ焚きしてをれば

咲き満ちてステーションめく花の山

野遊びや負けん気の児は移り気に

ぺんぺん草爪磨ぐ猫のいくさ貌

結の風あり葉桜の撓むほど

三陸を想ふ荒布に湯を放つ

たちあふひ命の重さ語らうよ

斜交ひに弥陀を横切る揚羽蝶

冷房に母の溶けさう息づかひ

今朝秋のお玉で掬ふ生玉子

風向きのやや変りたる秋の椅子

お手拭きをポンと叩いて葡萄美し

爆睡は車中がよろし昼ちちろ

蔦たぐり未だ引き際決めかねて

癒されて少しくすぐったきショール

冬木立シャンソン口遊みたくなりぬ

長居して言ひそびれたる水仙花

脚立に乗りポインセチアに見られけり

蓮根掘り介錯のごと手渡さる

老々介護をとこの輝見てしまふ

バレンタインデー義理のチョコにもリボン掛け

朝毎に鷺立つ二月半ばなり

鳥帰る遠近めがねに薄き膜

蝌蚪生る写経一巻納めけり

前略と書き花冷えをふと覚ゆ

三面鏡に光とどめて柿若葉

余花白し碑文のくだりはひらがなで

紬絣に母の移り香ポピー揺れ

風あれば風の睡蓮さざなみす

梅雨蝶も出でよ兎楽の樹の下に

わが腕伸ばせば白しほたるの夜

瀬音より河鹿の声の抜けてきし

糸底を見せて白磁の梅雨湿り

舟渡御や膝をかばひて階下る

ひぐらしや今日は湖辺で啼いてをり

生命線つくづく眺め震災忌

間引菜を忘れて戻る畑日和

丁稚羊羹買うて近江でしぐれたる

行火欲し船縁に身をまかせては

西湖へと展く水路に鳰潜る

雪しづり指で反せり摩尼車

初夢の母を抱へてふと覚めぬ

何の実と問はれマスクをはづしけり

耳たがへ水琴窟も風冴ゆる

父の忌来寒禽の声つつぬけに

掃きに出て椿の艶を拾ひたる

麦を踏む記憶は今も足裏にも

地虫出て日々血圧の棒グラフ

石鹸玉飛ばしてみたき路地長屋

三鬼忌の秒針赤き花時計

春蘭の香に咽せ珈琲タイムかな

病棟医の仮眠中まで夜の新樹

夏岬ぢぐざぐに来るスニーカーは

ひたすらに揉んで新茶の香をなせり

かはらけをむかし投げたる島に夏

風蘭の白を律儀に藤岡家

青鷺のぽつとゐさうな朝が来て

包丁の試し切りにはまづ茄子を

現世の石にも月日かじか聴く

山頭火の影をつれ出す虫を聴く

かまつかの右肩濡れてゐるらしき

羨道に暫し秋日の石舞台

入鹿塚へ一本の道稲は黄に

黄落や風の序奏のはじまりぬ

日短かのノートを辷り落つ眼鏡

冬うらら愛染明王厨子出たり

キムチ好き白菜粗く洗ひあげ

初冠雪珈琲に匙入れしまま

ふと本を伏せおく癖や冬満月

冬霧や濡れた小石が那智誉れ

風花や十七年目の犬の老い

身繕ふ春の鷺とてなで肩に

紅梅の競ふがに咲く雨の坂

日永さや継ぎ足して編む布草鞋

ふれあへば楽ありさうな柳の芽

ベルサイユの薔薇の芽吹きや百年祭

タカラジェンヌ楽屋口まで蝶の昼

芭蕉・曾良ゐさう長閑な船下り

休刊日火攻めの浅蜊口を開け

国東は千の守護神通し鴨

葉桜にペンの進まぬ悔みかな

五月富士裏もおもても甲斐であり

馬術部の馬蹄のあらし梅雨なれば

ほたる呼ぶ子にこちらから逢ひにゆく

落し文建礼門院陵訪へり

大原女ゐずなり姫女苑揺れにゆれ

空蟬や朝の山気を浴びてをり

絵ごころの手中に林檎遊ばせて

中将姫うすく照らされ紅葉初む

曼荼羅の暗さに馴れて昼の虫

平家琵琶立てかけつくつくぼふしかな

星流る今宵見送る人あらば

221　石舞台

句集　柳の芽　畢

# あとがき

俳句をはじめて、ずいぶん歳月が過ぎました。句集は生涯無縁とばかり思っていましたので、佐藤麻績主宰の出版のお勧めにはじめ躊躇しましたが思い切って前に進む事としました。主宰にはご多忙のさなか、選句の労を煩わし非力な私にあたたかな序文と共に句集名「柳の芽」を授かりました事心よりお礼申し上げます。ありがとうございました。

私の俳句は「人」友谷佐伎子様の元で学び、故・中川未央先生の阪の会、そして先師進藤一考先生の指導の八の会で共に刺激し合い、今日麻績主宰の春秋句会で学ばせて戴いている事もよき糧となっています。

咲耶木花支部をはじめ大阪支社句会、ふぞろい句会の皆様ありがとうございました。

句集刊行にあたり「文學の森」の皆様には大変お世話になりました。

平成二十八年一月吉日

大西登美子

## 著者略歴

大西登美子（おおにし・とみこ）

昭和21年９月　熊本県生れ
平成元年　「人」入会、進藤一考主宰に師事
平成10年　「人」新人賞受賞
平成11年　遠藤寛太郎主宰に師事
平成16年　「人」鍛錬会賞受賞、「人」結社賞受賞
　　　　　佐藤麻績主宰に師事

俳人協会会員、堺俳人クラブ会員

現 住 所　〒590-0157　堺市南区高尾１丁344-34

句集　柳(やなぎ)の芽(め)

人叢書第二三一篇
発　行　平成二十八年四月五日
著　者　大西登美子
発行者　大山基利
発行所　株式会社　文學の森
〒一六九-〇〇七五
東京都新宿区高田馬場二-一-二 田島ビル八階
tel 03-5292-9188　fax 03-5292-9199
e-mail　mori@bungak.com
ホームページ http://www.bungak.com
印刷・製本　竹田　登

ISBN978-4-86438-428-5　C0092